KB043351

사랑으로도 삶이 뜨거워지지 않을 때

사랑으로도 삶이 뜨거워지지 않을 때

초판 1쇄 발행 2018년 4월 4일

지은이 양광모
펴낸이 김선기
펴낸곳 (주)푸른길
출판등록 1996년 4월 12일 제16-1292호
주소 (08377) 서울시 구로구 디지털로 33길 48 대륭포스트타워 7차 1008호
전화 02-523-2907, 6942-9570~2
팩스 02-523-2951
이메일 purungilbook@naver.com
홈페이지 www.purungil.co.kr
ISBN 978-89-6291-444-3 03810

© 양광모, 2018

*이 책은 (주)푸른길과 저작권자와의 계약에 따라 보호받는 저작물이므로 본사의
서면 허락 없이는 어떠한 형태나 수단으로도 이 책의 내용을 이용하지 못합니다.

*이 도서의 국립중앙도서관 출판예정도서목록(CIP)은 서지정보유통지원시스템
홈페이지(http://seoji.nl.go.kr)와 국가자료공동목록시스템(http://www.nl.go.
kr/kolisnet)에서 이용하실 수 있습니다.(CIP제어번호: CIP2018008437)

사랑으로도
　　삶이 뜨거워지지
않을 때

양광모 시집

바다가 흘리고 간 조개껍질이라도 하나 주워 들고 돌아오면
그날 밤은 온통 꿈이 파랬다

푸른길

시인의 말

뭍에서 바다로 떠난 지 일 년 동안 백여 편의 시를 썼다. 아무 쪼록 심심하던 시에 소금기가 더해져 조금이라도 짜졌기를 바란다. 그중에서도 몇 편은 제법 짭짜름히 여 입맛에 작 달라붙기를. 누가 싱겁게 살아보겠다고 바다로 떠나겠는가? 이 시의 절반은 소금이다.

차례

I. 바다에서 빈다

V. 사랑은 버리고 사량이나 하겠네

I.
바다에서 빈다

바다 34

파도치는 법 하나 배우는데
백 년이 간다

바다 35

사랑에 빠져 본 적 있니

사랑을 벗어나 본 적이 없단다

바다 36

바다 한 줌만
손에 쥐고 가도
저승길 노잣돈쯤은 든든할 것 같은데
바다님 바다님, 하늘님 말고 바다님
어떻게 힘 좀 써주세요
들어주지도 않겠지만
떼쓰는 재미로 바다에 산다

바다 37

사선을 넘듯 수평선을 넘어
전속력으로 달려오는
저 파도처럼
나의 사랑이 필사적이길

세상에 뭍 같은 사람 하나 있어
그를 사랑할 때
운명적인 사람이 아니라
필사적인 사랑으로 달려가기를

바다에서 빈다

바다 38

세상에서 가장 슬픈 일은
저녁 무렵 바다가 어둠 속으로 지는 일이다
과장이나 거짓부렁은 아니고
내가 바다를 좋아하기 때문도 아니고
바다가 나를 제 목숨보다 더 사랑하기 때문인데
하루 종일 바다랑 마주 앉아
술을 마셨다고 하는 말은 더더욱 아니다

바다 39

발은 바다에 담겨 있고
머리는 하늘에 담겨 있어
가난도 푸르고 눈물도 푸르다

바다 40

바닥이라 생각하지 말라
그대 안에 바다가 있다

가장 크고 넓고 깊은 것이
가장 낮은 곳에 있다

바다 41

좋은 점이야 만 가지가 넘겠지만
그중에서도 한 가지를 꼽으라면
"오늘 영업은 끝났습니다"
"아직 영업 시작 전입니다"
이런 말은 절대로 하지 않는다는 건데
더더욱 좋은 점은 하루 종일 자리를 축내도
눈치 한 번 주는 일이 없다는 사실이다
뭍에서 장사하는 사람들은 바다에게 좀 배우시라

바다 42

바다에 떨어지는 빗방울은
먼 길을 돌아
긴 세월을 흘러오지 않아도 되지만
바다가 세상의 전부인 줄 알아서는 안 된다고
냇물이나 강물에 대해서는 결코 알지 못한다고
하물며 빗물에 대해서도 알지 못한다고

바다 43

바다는 가장 위대한 시인
파, 도로 노래를 한다

세상 어떤 시인도
시로만 노래하는데

바다 44

고래 조개 산호가 살지만
상어 따개비 해파리도 함께 산다
내 영혼의 바다, 고요하라

바다 45

수십억 년째 하늘만 마주 보며
수행에 잠겨 있는 푸른 와불
오늘은 몸이 쑤셔 파도가 높다

바다 46

이 나라 남해엔
어린 꽃들을 바다에 묻은
슬픈 역사가 있다

해마다 사월이면
이 나라 어미아비들의 가슴엔
바다가 목까지 차오른다

바다 47

서 있는 건지
앉아 있는 건지
누워 있는 건지

그게 다 선 건지
허리는 펴고 있는지
발이나 뻗고 자는지

바다 48

사람들은 산속으로 들어가
도를 닦는다는데
나는 바다에 앉아
도를 닦는다

수평선까지
물 위로 걸어가는 길 하나
소금으로 박박 닦는다

다시는 가라앉지 않으리

바다 49

오늘만큼은 지지 않겠다며
바다와 하늘이
푸른빛의 경연을 벌이는데
지기는 내가 진다
잘 살아야지

바다 50

가슴이 뻥 뚫리는 것 같다는
사람들이 밀려들어
때 묻은 몸을
마음껏 씻고 간 저녁
바다도 수평선을 바라보면
가슴이 뻥 뚫리는 것 같았다
죄 짓지 말고 살아라

바다 51

해저라는 말을 들을 때
가슴에 파도가 밀려오지 않는다면
그는 바다를 사랑하지 않는 사람이다
사랑이란 해변을 거니는 것이 아니라
물 밑까지 내려가 해저에 닿는 일이다

바다 52

무얼 잃어버렸는지
오징어잡이 배 서너 척 불러다
밤새 눈을 밝히고
물속을 헤집으며 찾아 헤매는데
바다에게도 이때쯤 떠난 사랑이 있는 겐가
울기는 내가 울었다

바다 53

일생 동안 노를 저어도
끝끝내 건너지 못할
세상에서 가장 깊고 넓은 바다가 있다
여자라고 부른다

바다 54

아침마다 고깃배들을 몰고 나갔다가
저녁이면 다시 몰고 돌아왔다
아무것도 먹일 게 없던 날은
고깃배들만 먼저 들여보낸 후
수평선 근처에 쭈그리고 앉아
훌쩍훌쩍 눈물을 흘렸는데
어떤 날은 부뚜막까지 올라와 울었다

바다 55

구십구 번을 쓰면
구십구 번을 지우겠지만

구십구 번을 지우면
백 번을 쓰겠네

나의 꿈
바다보다 크겠네

바다 56

멀리 가기 위해서가 아니라

깊게 가기 위해 자맥질을 해야 한다

바다 57

해녀들이 바닷속에 들어가는 이유는
소라나 전복, 낙지 때문이 아니라
고래를 잡기 위해서라 한다
수면 위로 올라와 하늘을 향해
힘차게 뿜어내는
물기둥 끝에서 피어나는
물보라를 보고 싶어
긴─숨을 참는 것이라는데
바다가 비밀이라며 들려준 이야기라 그런지
싱겁게 들리지는 않았다
해녀들의 눈물에는 소금이 더 많다고도 했다

바다 58

바다보다 얕은 눈물은 없다
세상의 모든 눈물은 바다보다 깊다

바다 59

멋진 요트가 아니라
잠수함을 필요로 하는 사랑이겠다만
그대에게 가리라
수심에 잠겨서라도

바다 60

술 한 병을 들고
바다에 앉아 술잔을 기울이는데
아무래도 혼자 마시기가 겨울 파도 같아
바다에게, 자네도 한 잔 바다, 말하였더니
벌컥 화를 내고 돌아앉기에
그를 달래느라 애를 먹은 날이 있다
도대체 바다 같은 마음은 어디로 간 걸까
독자 여러분, 당신도 한 잔 바다!

바다 61

세상에 물이란 물은
모두 끌어모으면서도
어부든 해녀든 원하는 사람에게는
기꺼이 곳간 문을 열어 주는
저 어리숙한 짠돌이를 보노라면
바닷물 한 그릇
천장에 매달아 놓고
반찬 하나 없는 맨밥을 먹어도
전복해물뚝배기처럼 맛있을 것만 같은 게
또 인생이기는 하다

바다 62

넓은 바다에 홀로 떠 있는
배 한 척을 보고
외롭다 말하는 사람은
아직 외로움을 모르는 사람이다
그 배마저 떠나간 후
텅 빈 바다가 어떤 표정을 짓는지
아직 한 번도 본 적이 없는 사람이다
아이참, 바로 당신 같은 사람이라고

바다 63

뛰어들면 내 몸이
파랗게 물들어버릴까 겁나서가 아니라
뛰어들면 바다의
파란 마음이 옅어져버릴까 두려워
하루 종일 먼발치서 바라보고만 온 날이 있다
그런 사랑이 있었다

바다 64

심층 해류의 순환 주기는 이천 년인데
일 초에 십 센티미터씩 이동을 한다

사람아,
사랑은 이렇게 움직이는 거란다

바다 65

누가 등대를 뭍에 세우랴
어린 물살들 길 잃지 말고 바다로 나아가라
등대는 바다에 세우는 것

누가 등대를 낮에 밝히랴
젊은 물살들 길 잃지 말고 포구로 돌아오라
등대는 밤에 밝히는 것

누가 등대를 두려워하랴
거친 물살들 사랑 잃지 말고 뭍으로 돌아오라
등대는 가슴에 세우는 것

바다 66

기분 좋은 일이라도 있는지
주름 한 점 없는 얼굴로
햇살에 반짝이고 있는
바다에게 다가가 말해 주었다

−오늘따라 백 년은 더 젊어 보이는군요

사람들은 십 년만 젊게 보인다 해도 춤을 추는데
바다가 무엇 때문에 기분이 상했는지는 아직도 모를 일이다

바다 67

바다가 되어 살러 왔다면서
기껏 바닷가에나 살고 있다고
바다가 껄껄 웃는다
그래도 제 보기에 딱하던지
대문 앞까지 찾아왔다 돌아가는 날이 있다

바다 68

시 한 편만 달라고
새벽부터 찾아왔는데
저녁이 오도록
시어詩語 한 마리 보이질 않아
바다가 흘리고 간
조개껍질이라도 하나 주워 들고 돌아오면
그날 밤은 온통 꿈이 파랬다
바다가 낳는 진주가 시인 것 같아
다음 생에는 차라리 조개가 될까 싶은데
그러다 게로 태어나면 난처하기는 할 것이다

바다 69

상의를 벗은 젊은 남자 하나

백사장에 누워 일광욕을 즐기는 모습을 보곤

외국인이네, 무심코 중얼거렸더니

그새 알아듣곤 바다가 한마디를 거든다

바다에선 누구나 외국인이야

바다에선 청색이 국적이다

바나 70

무얼 낳는 양수인지
크기도 참 큰데
임신 기간이 백억 년도
훌쩍 넘는다고 한다
아버지가 시인이었을 것이다

바다 71

주―욱 잡아당기면
바다가 한꺼번에 끌려올 것만 같아
결국엔 모두 사라져버릴 것만 같아
망설이다 망설이다 손끝에서 놓아버린 수평선

7월 당신

바다 72

한 손으로 움켜쥐고
수직으로 곧장 세워
바닷물을 모두 쏟아내 버리고 싶은
그리움이라는 이름의 수평선 하나,
흐린 날이면 선이 더 굵어진다

바다 73

보러 오는 사람은 많은데
들으러 오는 사람은 없다며
툴툴대다가
파도를 높이 세워
백사장 위에 멋진 글을 써보는데
그래봤자 읽을 줄 아는 사람도 없어
멀뚱멀뚱 바라만 보다 집으로 돌아간다
바다에선 모두 문맹이다

바다 74

나무 한 그루 배에 싣고 가

바다에 심겠다

섬이 아니라

먼 바다 한가운데 뿌리를 심겠다

그 나무 크게 자라면

수평선은 둘로 나뉘겠지

세상은 그래야 공평한 법

바다 혼자 바다를 독차지하는 일 따윈 없어야지

이름은 좌바다 우바다

파도는 좌파도 우파도라 부르면 될 터인데

수평선은 그대로 수평선이라 불러도 될 일인지

좌수평선 우수평선이라 불러야 할 일인지는

아직 결정을 하지 못하였다

바다 75

보수도 말고 진보도 말고
바다당 1호 당원이나 되어 살겠다

강령이 뭐냐고
당연히 이거 아니겠나

우리는 바다처럼 산다

바다 76

가난한 사람들이 뭍에 올라
고기를 잡다가
배 한 척 간신히 채우고 나면
지친 몸을 이끌고 돌아오기에
어둠이 깊어도
바다는 잠들지 못하고
백사장까지 올라와 서성거린다

바다 77

바다에 앉아 커피를 마시다
바닷물을 종이컵에 담아 돌아와
식탁 위에 올려놓으면
집 안 가득 바다 냄새가 짭짤하니 퍼지고
파도 소리를 들으며 포말 같은 밥을 먹는다
가끔씩 갈매기가 날아다녀 성가시긴 하지만
손을 휘저어 쫓으면
수평선을 향해 멀리 날아간다
이것을 거짓말로 생각하는 사람이 있을 텐데
이런 시는 왜 읽고 있는지 모를 일이다

바다 78

사람 몇 부지런히
물수제비를 뜨는데
바다는 끓는 기미도 없다
분명히 끓기는 끓을 것인데
바다 노릇도 쉽지는 않은 일이다

바다 79

저기 성이 하나 있다
곧 부서질 걸 알면서도
세상 가장 큰 기쁨으로 쌓는 성
저런 일은 바다에서만 가능한 일
바다에서 살자

바다 80

낮바다는 없는데
왜 밤바다라고 차별지어 부르는 걸까
밤술은 없어 낮술을 먹고
낮바다에 누워 생각하기를
오늘은 낮사랑이나 한번 해봤으면
바다가 낮여자라면 안 될 일도 아니잖는가
하여간 낮 뜨거운 일이기는 하겠다

바다 81

갈비가 먹고 싶은데
주머니가 썰물인 날은
가리비를 구워 먹는다

두어 잔 술에도
사랑과 열정은 만조

짧은 비는 꽃잎이나 적시겠지만
긴 비는 뿌리까지 적실 것이다

바다 82

바다에 산 지
수천 년은 더 지났을 텐데
그동안 늙지는 않았는지
죽음을 맞은 건 아닌지
가끔 자식도 낳고 그러는지
성격 차이로 갈라서는 경우도 있는지
그런 생각을 하다
집으로 돌아와 대문을 열면
이제사 잔잔해진 세파에 누워
나를 보고 마른 오징어처럼 웃는
나어른 인어가 있다

바다 83

어떻게 다른 새들에게
바다를 내주지 않고
자신들만의 영토로 지켜 나가는지
공으로 새우깡이나 주지 말고
바다에 가면 반드시 갈매기에게 물어보라
대한민국에 사는 사람들에게만 하는 말은 아니다

바다 84

바다라고 왜 쓸쓸함을 모르겠는가

바다라고 왜 남몰래 눈물을 흘리지 않겠는가

바다라고 왜 떠나간 사람을 그리워하지 않겠는가

바다라고 왜 강을 거슬러 어릴 적 떠나온 고향으로 돌아가고
싶지 않겠는가

바다라고 왜 다시는 바다로 태어나지 않겠다고 마음먹지 않
겠는가

바다라고 왜 훌쩍 바람 따라 떠나고 싶지 않겠는가

바다라고 왜 가슴속에 갯바위 같은 말이 없겠는가

요즘엔 집집마다 바다 한둘씩 들어앉아 산다

바다 85

바다를 종단한 갈매기는 없다
그렇다고 바다를 포기한 갈매기도 없다

바다 86

오늘 따라 파도가 잔, 잔 해서
질세라 나는 술, 술 하는데
저것들이 얼마나 마시려고 저러는가
갈매기 한 마리 지켜보고 앉더니
쉽사리 결판이 날 것 같지가 않았던지
끼룩끼룩 뭐라곤 자꾸 참견을 한다
아마도 그만 마시라거나
아니면 빨리 마시라는 뜻일 터인데
아무튼 바다에서는 술보다 안주가 목소리가 크다
뭍에서라면 어림도 없을 일이다

바다 87

고래 한 마리가
바다를 물고
수평선까지 끌고 나갔다
다시 바다를 물고
해안선까지 끌고 들어온다

나의 여인아,
너를 보면 꼭 이 생각이 난다

바다 88

나를 키운 건 팔 할이 바다였다

바람이 센지 바다가 센지는 두고 볼 일이다

바다 89

끝없이 밀려오는 저것을

사랑이라 부르자

밀려와 부서지는 저것을

이별이라 부르고

부서져도 다시 밀려오는 저 운명을

파란이라 부르자

파란 바다가 아니라

바나의 파란이라 부르자

만장 높이에서 떨어져도 눈물 없다 부르자

바다 90

어찌 저리 내 마음을 잘 아는가
기쁜 날은 신이 나서 파도를 치고
슬픈 날은 서글프게 파도를 친다
설마 내가 바다의 비위를 맞추려
부러 기뻐하고 슬퍼할 일은 없지 않겠나
바다에선 바다조차 바다의 눈치를 볼 필요가 없다

바다 91

바다 한 점씩 떼어 먹고
섬이 태어난다

어머니,
내 영혼에 소금을 뿌려주소서

바다 92

뭍에서 걸어 다니는
사람이라는 섬 하나,
바다에 뿌리박은 섬에게
우리 백 년씩만 바꿔 살아볼까
말하려다 입 닫고 수평선만 바라본다
한 번도 일어서 보지 못한 것도 있는데

바다 93

평생 넘지 못할 선 하나 저기 있다
바다도 넘어본 적이 없다는데
그래도 가기는 가야 한다

바다 94

내가 바다를 좋아하는 건
움켜쥐려 애써봐야 손가락 사이로
모두 빠져나가 버리는 저 바닷물이
내 시를 닮은 까닭이다
깊은 수면 아래를 유유히 헤엄쳐 다니는
큰 고래가 살고 있다는데
제 눈으로 본 사람은 몇 없는 까닭이다
화난 듯 사람들을 향해 달려들다가도
제 풀에 지쳐 물거품으로 부서지는 까닭이다
그런데도 물때는 한 번도 어기질 않아
어느 숭고한 약속이라도 되는 듯 마냥 지키는 까닭이다

바다 95

떠나보내기 싫은 사람 하나 있거든
속초 앞바다에 와서 배우라

저기 섬 하나,
수천 년째 발목이 잡혀 있다

바다 96

사람들아 생각이 좀 있어라
좋아하는 사람 이름만 적으니 지워지지
그 옆에 한마디를 더 쓰란 말이다
바다야, 너도 사랑해

바다야, 잘했지?

바다 97

네 시가 겨우 넘었는데
시인이란 일찌감치 배가 꺼지는 족속
바다로 가 주문을 하면
한 상 가득 차려 내오는
바다탕 바다볶음 바다주
허겁지겁 먹다 배불러 한숨 자고 일어나면
말없이 웃음 짓고 앉아 있는 어머니
끼니 거르지 말고 다녀라
얼굴엔 잔주름이 물결치고
먼 바다 날아가는 갈매기 울음소리만 커졌다

바다 98

속초해변 옆에 외옹치해변이 있다
젓가락처럼 나란히 붙어 있어
어디까지가 속초해변이고
어디까지가 외옹치해변인지
어디부터가 속초해변 앞바다고
어디부터가 외옹치해변 앞바다인지
당최 알 수도 없고 딱히 알 필요도 없겠는데
삶과 죽음이 또 저런지도 모를 일이다

바다 99

소금 두어 섬 훔쳤는데
보고도 늘 못 본 척 하였다
혹시라도 간이 맞는 시 한 편 있거든
이다음 바다에게 고맙다 인사하시라
사실은 나도 그 말이 하고 싶어
여기에 시 한 종지 올려놓는다
바다야, 욕봤다

바다 100 - 사량도

사랑으로도
삶이 뜨거워지지 않을 때
한 걸음만 더 나가보자며
섬 하나 남해로 뛰어들었다

II.
술잔 속 흰 바다

애주가 1

술잔 속 흰 바다

저녁 해는 어디로 갔나

노을은 이제 막 얼굴을 물들이는데

애주가 2

술일랑은 탓하지 마오

그대에게 가는 배 한 척 띄우려

술잔 가득 채울 뿐이니

애주가 3

무언가를 가슴에 담아 놓고
밖으로 쏟아 내지 못한다면
얼마나 답답한 일이겠는가
그 병을 고쳐 주려 술을 마신다

애주가 4

목마른 사람의 가슴을 적셔주기 위해
기꺼이 왕관마저 벗어버리는
이 시대의 진정한 왕이여
어찌 그대를 경배하지 않으리

애주가 5

듣기는 빗물이 좋고
보기는 강물이 좋고
마시기는 술물이 좋네

애주가 6

술을 마시니
술병이 생겼네
팔아서 또 한 잔

애주가 7

술잔에는 술을
그대의 입술에는 나의 입술을

애주가 8

비가 오는 날 마시는 술은

우주雨酒

눈이 오는 날 마시는 술은

설주雪酒

꽃이 피는 날 마시는 술은

화주花酒

단풍이 드는 날 마시는 술은

단주丹酒

낙엽이 지는 날 마시는 술은

엽주葉酒

지금 그대와 마시는 술은

애주愛酒

애주가 9

봄날 술잔에 술 따르는 소리
겨울밤 여인의 옷 벗는 소리보다 설레고

가을밤 술잔에 피어나는 술향
여름날 장미꽃 백송이가 무안하다

애주가 10

이 세상 가장 강한 독주毒酒는
이 세상 가장 쓸쓸한 독주獨酒
술잔도 슬퍼 눈물을 출렁인다

III.
그대가 그리우면 잠에서 깼다

그대가 그리우면 잠에서 깼다

그대가 그리우면 잠에서 깼다
새벽은 멀리 있고
그대는 새벽보다 더 멀리 있는데
어둠을 걷어내며 검은 밤에게
흰옷을 갈아입히는 사랑이여

그대도 그리워 잠에서 깨어나는가
생각하다 다시 잠들지 못하면
사랑은 새벽보다 가까이 있고
그리움은 사랑보다 더 가까이 있어
그대가 그리우면 잠에서 깼다

우리가 얼마나 사랑하기에

그대가 나를 얼마나 그리워하기에

저 파도가 끝없이 내게로 밀려오는가

마른 날에는 이리도 생각하였다가

흐린 날에는 젖은 백사장처럼도 생각해 보느니

그대를 내가 얼마나 그리워하기에

저 파도가 울면서 내게로 밀려오는가

바다를 건너야 오는

바다보다 깊고 푸른 사랑이여

우리가 얼마나 사랑하기에

온 생애를 끝없이 서로를 향해 밀려가는가

우리가 한번은 저 바다 위에서
만났을 게다

우리가 한번은

저 바다 위에서 만났을 게다

그대가 내게 파도가 되어 밀려오고

내가 그대에게 파도가 되어 밀려가면서

섬처럼 부둥켜안고 밀물 같은 입맞춤을 나눴을 게다

우리가 한번은

저 바다 위에서 이별을 했을 게다

그대가 내게로 오는 길에서 나를 잃어버리고

내가 그대에게로 가는 길에서 그대를 잃어버려

바다가 무너진 듯 큰 울음을 울었을 게다

그러나 사랑이여

우리가 한번은 후회도 없을 사랑을 나눴을 게다

세상 끝까지 멀어져

끝끝내 포말로 부서지더라도

결코 바다만큼은 떠나지 않겠다고 맹세하며

영원토록 한몸인 사랑을 나눴을 게다

영원토록 한몸인 바다가 되었을 게다

국화

네 앞에서는
꼭 걸음을 멈추게 된다
가을처럼 다시 돌아올
그리운 얼굴 하나 떠올라
햇살처럼 다시 비칠
눈부신 이름 하나 떠올라
네 앞에서는
꼭 눈을 감게 된다
내가 사랑하는 여자도
늘 그리하였느니
네 앞에서는
꼭 입을 맞추게 된다

낮달

그리워 그리워
낮에 떴네

밤의 여왕도
의미 없어라

별들의 궁전도
소용없어라

보고파 보고파
낮의 품에 안겼네

사랑해 사랑해
낮을 품에 안았네

단풍나무 아래서

솔잎 떨어지는 소리에
잠을 깨어
단풍잎 물드는 소리에
마음을 붉히네

피면 지고
물들면 바래는 것을
어찌 사랑이라 부를까

내일은 단풍나무 아래서
그리는 마음을 견줘보리라

나의 사랑은 변할 거예요

심장이 멈추는 일은 가능하겠지만
그대를 향한 사랑이
멈추는 일은 불가능할 거예요
시간을 멈출 수 없듯이
나의 사랑도 멈출 수 없기에

태양이 차갑게 식는 날도 오겠지만
그대를 향한 사랑은
영원히 뜨거울 거예요
불을 얼음으로 바꿀 수 없듯이
나의 사랑도 바꿀 수 없기에

그대를 향한 나의 사랑은 오직 변할 거예요
더 크게 더 깊게 더 뜨겁게!

구월의 마지막 날

구월의 마지막 날
주문진 해변 백사장 위에
너를 사랑한다, 써 두었다

시월이 오기도 전
파도에 휩쓸려 사라질 테지만
언제든 너의 눈으로 읽을 수 있으리니

구월의 마지막 날이 찾아와
주문진 해변을 다시 걷는다면
사랑이 너의 가슴에
주문진 해변 하나 남겨 놓았다면

사랑이 계절이라면

사랑이 계절이라면
그것은 가을
지금껏 한 번도 존재하지 않았던 색으로
너와 나의 마음을 물들인다

사랑이 계절이라면
그것은 가을
은행나무 노란 잎을 대지 위에 깔고
단풍처럼 붉어져 너와 나는 옷을 벗는다

사랑이 계절이라면
그것은 가을
마침내 잎은 지고 마른 가지만 남는 날
낙엽을 모아 불을 지피며 너와 나는 어깨를 기댄다

사랑이 계절이라면
그것은 가을
누군가를 영혼으로 사랑하면 알게 되리니
가을이 왜 겨울 앞에 오는지를

그대에게 키스를

그대의 손등에는
장미의 키스를

그대의 이마에는
별의 키스를

그대의 뺨에는
노을의 키스를

그대의 입술에는
태양의 키스를

그대의 영혼에는
샘물의 키스를

나의 사랑에는
그대의 키스를

동쪽이 되는 사람

동쪽이 되는 사람이 있다
그가 밝아지기 전에는
결코 내가 밝아질 수 없는
그의 얼굴에 해가 떠오른 후에야
내 얼굴에도 한 줄기 햇살이 비치는

동쪽에서 오는 사랑이 있다
그의 등 뒤에 해를 이끌고 와
내 가슴 가득 햇살을 비춰주며
저 먼 서쪽으로
나와 함께 일생을 걸어가는

어둠과 밤을 이겨내고
아침과 저녁마다
내 몸을 붉게 물들이며
마침내 나의 영혼마저
태양으로 만드는 사람아

동쪽에서 오는 사랑이
그대에게 있다

겨울 채비

도토리를 주워

땅속에 묻어두는 다람쥐처럼

바다가 자갈들을 물고 와

해변에 묻어두고 간다

묻을 게 많지 않은 나는

눈 쌓인 밤마다

찬 바람에 몸을 떨겠지만

이 세상 잘 다녀오라고

누군가 손에 쥐여준 차비 같은

사랑은 하나 있어

내 가슴속 겨울 바다엔

언제고 봄볕보다 따뜻한 난류가 흐르리라

사랑은

사랑은

꽃처럼 피었다 지지만

다시 피어나는 것입니다

그리하여 더욱 찬란해지는 것입니다

사랑은

비처럼 쏟아지다 그치지만

다시 쏟아지는 것입니다

그리하여 더욱 멀리 흐르는 것입니다

사랑은

단풍처럼 물들다 떨어지지만

다시 물드는 것입니다

그리하여 더욱 짙어지는 것입니다

사랑은

눈처럼 쌓였다 녹지만

다시 쌓이는 것입니다

그리하여 더욱 단단해지는 것입니다

가진 것 없다 느껴져도

가장 눈부신 사랑이라 믿는 것

그리하여 더욱 심장이 뜨거워지는 것

그것이 사랑입니다

사랑은

약속처럼 애쓰다 어기지만

다시 애쓰는 것입니다

그리하여 더욱 숭고해지는 것입니다

사랑은 봄 여름 가을 겨울처럼 오시라

그대 여름비처럼 오시라
나는 겨울 눈처럼 가리니
봄쯤에서 만나
가을쯤에서 이별하자
낙엽도 알고 있다
가장 짧은 사랑이 가장 아름답다는 것을

그대 봄꽃처럼 오시라
나는 가을 단풍처럼 가리니
여름쯤에서 헤어져
겨울쯤에서 다시 만나자
사랑도 알고 있다
얼음장 아래서도 물은 흘러간다는 것을

사람은 봄 여름 가을 겨울처럼 떠나도
사랑은 봄 여름 가을 겨울처럼 오시라
사랑은 가을 겨울 봄 여름처럼 오시라

커피 · 1

저 먼 나라에 비가 오는가
내 가슴에 그리움 흐르고

저 먼 나라에 눈이 내리는가
내 가슴에 사랑 뜨겁고

저 먼 나라에 그대 있는가
내 가슴에 꽃 피어나고

커피잔 속,
저 먼 따뜻한 나라

파전과 동동주

죽어도 떠날 수 없다며

찔끔찔끔 눈물깨나 짜는

여자 하나 만나

파전에 동동주 한잔 마셔봤으면

술이야 술술 넘어가겠지

구성지게 끼룩끼룩 노래도 불러보다

갈매기가 백사장에 내려앉듯

파도가 해안을 넘나들듯

그 여자 몸도 슬쩍 안아보다

이윽고 술로 빚은 노을이 얼굴을 물들이면

죽어도 떠나야 한다고

이미 죽었으니 떠나야 한다고 내치는데도

술잔에 동동주 철철 넘치게 따르고

길쭉하니 파전 가늘게 찢어

입에 넣어주며

배시시 눈웃음 짓는 여자 하나 만나

찔끔찔끔 눈물이나 같이 짜봤으면

사랑이란 게 참말 짜구나

이별이란 게 참말 짜구나

마침내 부둥켜안으며 큰 소리로 울어보고는

내 죽어도 사랑을 떠나지 않으리니

별 · 1

손 닿을 곳에서는
그대 눈에 별이 떴는데

천 리를 떠나오니
내 가슴에 별이 뜨네

꽃 지는 날에도
별은 빛나리니

어느 길 잃은 밤에는
먼 하늘 오래도록 바라보리라

사과나무

장밋빛 뺨을 가진 여자야
너를 위해 장미꽃 한 다발을 사려다
사과 한 바구니를 샀다
먼 옛날 이들은 한 형제였나니
사과의 혈통은 장미 과科

사과 같은 가슴을 가진 여자야
이 시 흰 입 베어 물고 쇠를 지어라
내 그 씨를 뿌려 실낙원을 만들려니
아름답다고 누가 장미꽃을 먹으랴
금단의 나무 한 그루 키우고자
사과는 먹는 것

그 사과나무 키보다 높이 자라면
너도 알게 되리니
사랑은 꽃이 아니라 열매라는 것을
천 송이 장미꽃으로도
한 알의 사과를 맺을 수 없다는 것을
세상의 모든 사랑은 금단이라는 것을

와인

오늘은 내가 이 강을 건너야 한다
그 여름날 포도를 먹으며
목젖을 드러내고 웃던 너는
이 강을 건너
먼저 저녁 바다에 닿았는데
아직도 포도송이는
처녀 아이 젖가슴처럼 열려
오늘은 내가 이 강을 건너야 한다
으깨고 으깨어 즙만 남은 사랑을
오늘은 내가 멀리 이 강에 흘려보내야 한다

우리의 영혼이 하나가 될 때

당신과 나의 손이 하나가 될 때
이 세상 가장 부드러운 바람이 불어오고
당신과 나의 입술이 하나가 될 때
이 세상 가장 아름다운 꽃이 피어납니다

당신과 나의 가슴이 하나가 될 때
이 세상 가장 빛나는 별이 태어나고
당신과 나의 몸이 하나가 될 때
이 세상 가장 뜨거운 태양이 떠오릅니다

그러나 이 세상 가장 맑은 기쁨의 눈물이 흐르는 건
당신과 나의 영혼이 하나가 될 때입니다
우리의 영혼이 하나가 될 때
이 세상 가장 높은 곳에 무지개가 뜹니다

선물

신이 준
가장 위대한 선물은
시간입니다

부모가 준
가장 소중한 선물은
생명입니다

그러나 당신이 준
사랑이라는 선물이 없다면
시간과 생명이 무슨 소용이겠어요

촛불이 타오르는 건
촛농이나 심지가 아니라
불꽃 때문이니까요

그러나 당신에게 내가
선물이 되지 못한다면
사랑은 또 무슨 소용이겠어요

인생이 주는 가장 큰 선물은

사랑하는 사람에게

불꽃 같은 선물이 될 수 있다는 기쁨이니까요

부부를 위한 기도

부끄럽게 하소서
내가 사랑했고
나를 사랑했던 사람에게
지지 않고 이기려 애쓰는 마음을

기뻐하게 하소서
내가 사랑했고
나를 사랑했던 사람의 뜻대로
인생의 크고 작은 일들이 결정되는 것을

용서하게 하소서
용서할 수 있는 것만이 아니라
용서할 수 없는 것까지
참사랑의 힘으로 용서하기를

사랑하게 하소서
지나간 추억이 아니라
살아 있는 고백으로
죽는 날까지 가슴 뛰며 사랑하기를

기도하게 하소서

내가 사랑하고

나를 사랑하는 사람을 위해

매일 아침 맑은 눈물로 기도하기를

IV.
밥이여 너는 얼마나 눈물겨운가

국수

희고 동그랗고 부드러워

가난한 입맛에 착 착 달라붙고

붙잡는 사람 하나 없는 아리랑 고개처럼

쏙 쏙 목구멍을 넘어가면

초승달처럼 꺼졌던 배가 보름달처럼 부풀어 올라

주름진 얼굴에도 웃음꽃이 피어나는데

기실은 국수도 못 되어 국시로나 불리고

국시도 못 되어 국시꼬랭이로나 떨어져 나와

한 숟가락도 안 되는 수제비로 끝나려는지

솥뚜껑 위에서 구워져 아이들 군것질로 끝나려는지

삶이 잔치가 맞기는 맞는지

내 몸은 또 얼마나 희고 동그랗고 부드러운지

잔치국수 한 그릇을 먹으며 희멀건한 생각을 해보는데

그래도 뜨끈뜨끈한 것이 들어가니 뱃속은 든든하였다

그러면 되았지 싶었다

소나무

겹겹이 터지고 갈라진

저 껍질 속에

오래 이 민족을 먹여 살린

누런 소 한 마리가 들어앉아

사시사철 푸른 쟁기질을 멈추지 않는데

누군가라도 알아주기를 바랄 때는

솔방울 툭 툭 발가에 떨어뜨리는 것이니

그런 날에는 가던 걸음 멈추고 다가가

굽은 등짝 한 번 슬며시 쓰다듬어 줄 일이다

아카시아

어디에 있느냐 여인아
저기 너를 닮은 꽃이 핀다
세상의 모든 사랑은 허기지나니
어서 한입 가득 베어 물라며
5월의 포도 같은 꽃이
저기 돌아오며 흰 손을 흔든다

코스모스

코스모스가

가을에 피는 까닭을 누가 모르랴

가을바람에 부풀어 오르는

새신부의 가슴을

살며시 만지어 보느니

너는 여덟 개의

황홀한 심장을 가졌구나

가을이 오면

우주는 두근두근두근두근

인생

수북이 담겨 있었는데
언제 다 먹었지, 쓸쓸히 되물으며
허기진 눈으로 바라보는
밥 한 공기

맛있게 먹었으면 된 거야

밥값

아름다운 인생이여!

아침에는 아침을 먹고
저녁에는 저녁을 먹네

밥값을 벌려고 살겠나
밥값은 하며 살아야지

쌀을 씻듯 마음을 씻네
허기진 이의 쌀이 되려

밥향

꽃향은 손에 퍼지고
술향은 입에 퍼지지만
밥향은 가슴에 퍼지네

꽃향은 눈을 적시고
술향은 입술을 적시지만
밥향은 마음을 적시네

꽃향기에 취해 한 시절
술향기에 취해 한 시절
밥향기에 취해 한 평생

꽃향은 사랑을 부르고
술향은 친구를 부르지만
밥향은 어머니를 부르네

꽃향은 아름다운 동화
술향은 먼 나라의 왕궁
밥향은 고향의 느티나무

꽃이여 너는 얼마나 아름다운가
술이여 너는 얼마나 뜨거운가
밥이여 너는 얼마나 눈물겨운가

다시 태어나거든 밥이나 되자
꽃도 말고 술도 말고
거짓 없는 아이 주린 배를 채워줄
한 그릇 따뜻한 밥이나 되자

내가 한 송이 꽃이라면

내가 한 송이 꽃이라면
눈을 즐겁게 만드는 꽃이 아니라
마음을 맑게 만들어 주는 꽃이기를

화려한 꽃잎이 아니라
그윽한 향기를 지닌 꽃이기를

키가 크지는 않더라도
높고 멀리 향기를 뿜는 꽃이기를

가까이 다가와
얼굴을 숙이기 전까지는
눈에 띄지 않더라도
마침내 한 사람의 영혼을
일생 동안 사로잡는 꽃이기를

언젠가는 시들어 떨어지겠지만
그 후에도 마른 꽃으로
오래도록 향기를 남기는 꽃이기를

이름은 없어도 좋으리

세상에 하나뿐인 향기를 가진

내가 한 송이 꽃이라면

나잇살

뱃살을 빼려 애쓰고
주름살을 없애려 안간힘 쓰지만
그보다 더 중요한 건
나잇살 살뜰하니 가꾸는 일
햇살보다 따뜻하게
물살보다 부드럽게

바닥

살아가는 동안

가장 밑바닥까지 떨어졌다 생각될 때

사람이 누워서 쉴 수 있는 곳은

천장이 아니라 바닥이라는 것을

잠시 쉬었다

다시 가라는 뜻이라는 것을

누군가의 바닥은

누군가의 천장일 수도 있다는 것을

인생이라는 것도

결국 바닥에 눕는 일로 끝난다는 것을

그래도 슬픔과 고통이

더 낮은 곳으로 흘러가지 않는다면

이제야말로 진짜 바닥이라는 것을

그늘

여름볕 피해 그늘에 찾아들었네
인생의 그늘은 무엇을 피하기 위함일까
뜻이야 알 수 없겠지만 뜻이야 있을 테지

별 · 2

별에서 태어나 별에서 살다 별에서 죽는다

죽어서도 별이 되리라

별·3

바다로 가는 길을
찾지 않기를

별에게 가는 길을
찾아야 한다

지금

과거란 무엇인가
지금이지

미래란 무엇인가
지금이지

어제란 없고 내일도 없네
오직 지금만 있을 뿐

삶이란 무엇인가
지금이지

지평선

내 남은 날은
지평선으로 살겠네
아침이면 붉은 해가 뜨고
저녁이면 붉은 해가 지는 곳
사람들이 너머로 사라지고
사람들이 넘어서 걸어오는 곳
하늘과 땅이 하나가 되듯
삶과 죽음이 한몸이 되는 곳
하늘이며 하늘도 아니고
땅이며 땅도 아니게
내 죽는 날은 구분도 없이
지평선으로 죽겠네

감사

이른 아침 새소리
늦은 밤 잠자리

갓 지은 밥 한 공기
맑은 물 한 잔

어머니의 가슴
아버지의 어깨

지금이라는 시간
여기라는 공간

감사하며 사랑하며
사랑하며 감사하며

봄볕으로 살겠네

봄볕으로 살겠네
가난한 사람들에게
따스한 온기 전해주며

여름비로 살겠네
메마른 대지
촉촉이 적셔주며

겨울 눈으로 살겠네
세상의 때 묻은 것들
하얗게 덮어주며

가을 낙엽으로 지겠네
마지막 시간일랑
단풍으로 불태우고

미움이 비처럼 쏟아질 때

미워하자면
장미에게도 가시가 있고
좋아하자면
선인장에게도 꽃이 있다

우산이 있는 사람은
비를 즐기고
우산이 없는 사람은
비를 원망하네

미움이 비처럼 쏟아지는데
마음을 지킬 우산 하나 없다면
빗속에 뛰어들어 몸을 적시지 말고
비가 멈출 때까지 기다려라

해 뜨고 푸른 날 찾아오면
어제 내린 비가 무슨 의미 있으랴
오직 미워할 일은
그러지 못하는 내 마음뿐

사과

사과는
사과 한 알이면 족한 것
말없이 다가가
사과를 손에 쥐어주곤
사과를 받아주어 고맙소,
말하면 그뿐
그래도 안 된다면?
내가 큰 사과드리리다
어찌 되었든
사과는 몸에 좋은 거라오

인생의 무게를 재는 법

불행의 무게를 잴 때는
눈물만 올려놓을 것
저울이 망가질 수 있으니
절대로 온몸으로 올라서지 말 것

어제보다 늘었다고 한숨 쉬지 말 것
슬픔이나 절망의 섭취량을 조금 줄일 것
아침에 일어나 햇볕을 쬐고 난 직후를 권함

가급적 행복의 무게도 함께 잴 것
24시간 안에 지은 미소를 모두 올려놓을 것
살짝 저울 위에 올라서도 좋음

그냥 살라 하네

푸른 하늘 흰 구름이
그냥 살라 하네
기쁘면 웃음 짓고
슬프면 눈물 짓고
감당치 못할 큰 의미일랑 두지 말고
그냥 살라 하네

아침바람 저녁노을이
그냥 살라 하네
사랑이 찾아오면 사랑하고
이별이 찾아오면 이별하고
가장 짧은 순간들을 소중히 여기며
그냥 살라 하네

비바람 눈보라가
그냥 살라 하네
젖으면 젖은 대로
추우면 추운 대로
이 또한 멋진 여행이라 생각하며

그냥 살라 하네

내 가슴속 뛰는 심장이
그냥 살라 하네
따뜻이 손 마주 잡고
다정히 눈 바라보며
가진 것 없어도 부러움 없을 사람과
그냥 살라 하네

사랑이다

어떤 젊은이가 내게 만약

인생을 어떻게 살아야 하는가 묻는다면

사랑이다, 사랑하는 것이다

아니, 인생을 어떻게 살아야 잘 사는 건가 묻는다면

사랑이다, 사랑하는 것이다

아니 아니, 인생이 도대체 무엇인가 묻는다면

사랑이다, 사랑하는 것이다

꽃은 져도 민들레 홀씨는 날아가고

봄비에 꽃 피고
봄비에 꽃 지고

벚꽃 핀 길에 벚꽃 떨어지고
목련 핀 길에 목련 떨어지고

꽃이 피네
사랑해야지

꽃이 지네
더욱 사랑해야지

꽃은 져도
민들레 홀씨는 날아가고

키스 존

푸른 바다가 보이는 산책길을 걷다
포토존에서 사진을 찍으며
키스존도 있으면 참 좋겠다 생각하였다
펄쩍 뛸 사람도 있겠는데…
들어보시라

부모가 아기에게 키스를 하고
아이가 부모에게 키스를 하고
사랑하는 젊은 연인들이 키스를 하고
아직도 사랑을 잃지 않은 노부부가 키스를 하고
이제는 사랑이 식어버린 부부가 키스를 하여
사랑을 되찾는 곳
그리고도 내 삶의 가장 아름다운 순간에
키스를 보내는 곳
그 황홀한 입맞춤의 순간처럼
오늘 이 순간을 뜨겁게 살아가리라 다짐하는 곳

이런 곳을 키스존이라 부른다면
내 기꺼이 첫 번째 방문자가 될 용의가 있겠는데

키스가 수줍은 독자 여러분,

혹시라도 나의 생각에 동의하거든 기억하시라

지금 그대가 서 있는 곳이 키스 존이다

지금 그대의 사랑하는 사람이 있는 곳이

그대 인생의 키스 존이다

저녁 스케치

노을은 붉게 칠해야지
그림자는 아침보다 조금 더 길게
사람들의 처진 어깨를 살짝 펴주고
둥지로 날아가는 새의 날개에
깃털 몇 개 더 꽂아주면
잘 살아요, 아무런 걱정 말고 잘 살아요
어김없이 들려오는
배꽃나무 아래 첫사랑의 그리운 목소리에
오늘도 선한 저녁이 다시 찾아온다

가을 남자

저기 가을 남자가 간다
긴 코트를 입지도 않고
목깃을 세우지도 않고
커피를 뽑아 들지도 않고
주머니에 손을 넣지도 않고
단풍에 눈길을 주지도 않고
낙엽을 밟지도 않고
저기 가을 남자가 간다
바람에 떨어지지 않으려
세상의 한켠을 움켜쥔 손등에
푸른 힘줄이 철로처럼 뻗어 있는
저기 한 남자의 가을이 간다

커피 · 2

이빨을 감추고 바라보는
흑표범 한 마리
잡아먹힐 것만 같아
내 안에 먼저 가두면
검은 대륙의 초원 위로
한 줄기 뜨거운 바람이 분다
사냥을 떠날 시간

커피를 끓이며

긴 세월
속 끓이며 살아왔는데
향 맑은 차 한 잔은
우려내본 적 있었나
한 사람의 시린 가슴을
따뜻이 덥여준 적 있었나
커피 한 잔에
마음을 데이는 아침
차갑게 식은 영혼을
다시 불 위에 올려놓는다

어떤 친구

늙은 내가
젊은 나를 벗하며 산다
오십 해가 넘었으니
싫증을 낼 만도 한데
아직까지는 좋은 친구다
가끔은 내게 져주기도 하는데
제 탓으로 내가
고생하는 것을 아는 까닭이다
나 또한 이따금 져주곤 하는데
제 고생으로 내가
바람처럼 물처럼 살아가는 까닭이다
어쩌면 얹혀사는 건지도 모르겠으나
늙은 내가
젊은 나와 손을 맞잡고 살아간다

야경

만 개의 눈이
나를 바라본다

어둡지 않니
함께 빛나지 않을래

새벽보다 먼저
가슴에 밝아오는 어둠

살아가는 동안
내 두 눈이 따스한 야경이기를

12월의 기도

12월에는
맑은 호숫가에 앉아
물에 비친 얼굴을 바라보듯
지나온 한 해의 얼굴을 잔잔히 바라보게 하소서

12월에는
높은 산에 올라
자그마한 집들을 내려다보듯
세상의 일들을 욕심 없이 바라보게 하소서

12월에는
넓은 바닷가에 서서
수평선 너머로 떠나가는 배를 바라보듯
사랑과 그리움으로 사람들을 바라보게 하소서

12월에는
우주 저 멀리서
지구라는 푸른 별을 바라보듯
내 영혼을 고요히 침묵 속에서 바라보게 하소서

그리고 또 바라보게 하소서

칠흑 같은 어둠 속에서

홀로 타오르는 촛불을 바라보듯

내가 애써 살아온 날들을 뜨겁게 바라보게 하소서

그리하여 불꽃처럼 살아가야 할 수많은 날들을

눈부시게 눈부시게 바라보게 하소서

정거장

버스만을 기다려 본 사람이 어디 있으랴
이곳에선 오래전 발돋움으로
아빠와 엄마의 함박웃음을 기다렸고
딸과 아들의 지친 얼굴을
유리창 너머로 살폈나니
오늘도 털털거리는 삶들은
종점까지 가서야 모두 내리겠지만
내일이면 다시 버스에 몸을 싣고
지평선까지 꿈을 낚으러 출항하리라
바라건대 슬픔이나 절망의 정거장은
모른 척 지나치고
기쁨이나 희망의 정거장에만 멈춰 서기를
만약 사랑의 정거장에 도착하거든
오래 서 있기를

이희옥 씨

십육 년이 지난 냉장고가 고장 나
음식물이 모두 상해버렸다는
전화기 너머 이희옥 씨의 목소리는
겨울강처럼 얼어있었다
주섬주섬 햇살 몇 점을 쬐어주었지만
이번에는 쉽게 녹지 않을 것이다
오래된 성곽을 걸을 때마다
나는 이희옥 씨를 생각했다
앉아서 오줌을 눠야만 하는 그 나이의 여자들처럼
그녀에게도 몇 개의 성이 있었으리라
어린 양들을 기르던 성
사냥꾼이 들어와 쉬던 성
이제는 형체조차 알아볼 수 없을 정도로 허물어져 버렸지만
한때는 온갖 꽃들이 저마다의 아름다움을 뽐내며 활짝 피어
나던 성
이제 그녀는 십육 년 된 냉장고를 걱정하지만
나는 알고 있다
정작 그녀의 삶도 절반 이상은
밥통이거나 냉장고였다는 사실을

그 속에서 따뜻한 유년과 선선한 청년을 살아온 나는

이제 몇 마디 말로서나마

상해가는 속도를 낮춰보려 고백하나니

이희옥 씨, 당신을 만나 정말 행복했습니다

나의 시는 눈물이었을 뿐

오, 이 혼란스러운 감정을 무엇이라 부르랴

충실한 하늘은 오늘도 물뿌리개처럼 비를 뿌리고

익숙한 나무들은 대지의 심장을 움켜쥐려

속력을 다해 뿌리를 뻗는데

나는 부러진 가지처럼, 아니 이 말은 옳지 않다

나는 마른 가지처럼, 그렇다 아주 앙상한 마른 가지처럼 시

들어

어떤 작은 새 한 마리도

내 머리 위에 내려앉지 못하고

서둘러 황급히 날아간다

누가 알겠는가

이 고통이 어디서부터 찾아온 것인지

또는 이 고통을 내가 어떤 불멸의 어둠 속에서 발견해낸 것

인지

나는 오래도록 노래하였다

저 우주 너머에서 날아오는 푸른 별빛처럼 말하였고

갓 피어난 붉은 장미 봉오리 속에서 퍼져오는 꽃향기처럼 춤

추었다

그리고도 나는 많은 밤들을 은빛으로 출렁이는 달을 향해 손

짓하였고

　새벽마다 빛바랜 잠에서 깨어 첫이슬이 내린 숲길을 걸었
는데

　다소 축축하였으나 청량한 대기로 인해

　내가 살아 숨 쉬고 있다는 사실에 사소한 위로를 받으며

　어느 날이든 나는 용서하고, 용서하고, 싶어졌다

　내가 태어난 날은 은행나무 한 잎의 가치도 없으리라는 생
각과

　너를 사랑했기에 영원히 사랑할 수 있으리라는 생각과

　나의 시는 태어나기도 전에 무덤 속에 묻혔다는 생각에

　속죄의 면류관을 씌워주고 싶었다

　오, 이 다정스런 생각을 무엇이라 부르랴

　누가 나의 이마와 뺨, 입술에 뜨거운 용암의 키스를 흘러내
리게 하랴

　이 세상에서 가장 부드럽고 연약하고 상냥한 이의 이름으로
고백하나니

　나는 한 번도 시인이었던 적은 없었노라

　나의 시는 눈물이었을 뿐

시인의 기도

가난한 것들과
이름 없는 것들을 위해

시간 앞에 힘없이 무너지는 것들과
무언가를 멀리 두고 떠나온 것들을 위해

꽃보다는
뿌리를 위해

봄날 아침보다는
겨울 저녁을 위해

늘 밀려오는 파도가 아니라
한 번 흘러가면 끝인 강물을 위해

이제 막 울음을 터뜨리기 시작한 사람이 아니라
이제 막 울음을 삼키기 시작한 사람을 위해

사랑이 가장 찬란한 순간이 아니라
사랑이 가장 초라한 순간을 위해

시가 아니라
사람을 위해

사람이 아니라
사랑을 위해

V.
사랑은 버리고 사량이나 하겠네

건봉사

능파교는 돌다리요
연화교는 나무다리라

건봉사에 오거든
공양은 꼭 먹고 가거라

건봉사 배롱나무

건봉사 적멸보궁 입구

배롱나무 두 그루

왼쪽은 남자인가

키 큰 배롱나무 한 그루

오른쪽은 여자인가

키 작은 배롱나무 한 그루

길가 양쪽에 마주 보고 떨어져 있네

부처님은 모르셨으리

아셨다면 한쪽으로 나란히 심어놓으셨을 텐데

적멸보다 사랑이 더 큰 성불이다

말씀하셨을 텐데

삼화사

무릉을 믿지 않았는데
두타산 삼화사에서 보았네
계곡을 흐르는 맑은 물은
십만대장경이요
절벽 위 우뚝 솟은 푸른 소나무는
백만대장경이라
신선을 찾지 마오
모두 부처가 되었네

동화사

승시 축제가 끝난

동화사를 함께 걸어 내려오다

바람에 쓰러진

작은 국화 화분을

똑바로 세워주는

너의 모습을 보며 나는 알았다

우리 함께 살아가는 동안

언제고 바람 부는 날이 없으랴마는

그날에도 너는 나를

따뜻한 손으로 안아 일으켜 세워주리니

우리 함께 살아가는 동안

가을 국화처럼

나의 가슴을 노랗게 물들이며

오랜 동화처럼

변함없이 너만을 사랑하리라

운주사

운주사 불사바위에 앉아
낮은 곳을 바라보면
세상의 모든 것을 버릴 수 있겠는데
오직 그대만은 버릴 수 없어
꽃무릇보다 붉어진 마음을 안고
독경 소리처럼 나는 울었다
그대여, 언제고 운주사에 오시거든
아는 척 꽃무릇에게도 눈길 한번 주고 가시라

천불천탑

사람이나 사랑 때문에
마음에 응어리지는 날에는
운주사로 가라
응회암으로 만들어져
바람에도 쉽게 부서지고 깨어지는
부처님들을 보노라면
사람의 마음이 화강암으로
만들어지지 않은 것도
그다지 불평할 일은 아니라고
사랑도 응회암 사랑이
더욱 따뜻한 법이라는 걸 깨닫게 되리니
부처님도 홀로는 외로워
운주사에서는 천 불이 함께 모여 산다

운주사 꽃무릇

하루 동안 천불천탑을 세우면

새 세상이 열린다는 운주사에

이루지 못할 사랑 이뤄보겠노라

일 만 십 만 꽃무릇이 붉게 피어나는데

와불님도 못 이룬 사랑이 있는 겐가

자리를 비워

떨어진 꽃무릇 탑만 천 년을 쌓다 돌아왔다

사랑은 푸른 잎으로 살아남으라

설악산 주전골에 올라갔다 내려와
감자바우골이라는 이름의 식당에서
감자전에 막걸리를 시켜 마시다
어느새 훌쩍훌쩍 울고 있는 내가 웃겨서
더 울었다

울다가 생각해보면
사랑 때문도 아니고
이별 때문도 아니고
그저 감자전이나 막걸리 때문에
조금 더 운 것이리라

어쩌면 가을은 잃어버리는 계절이라는
생각도 했다, 해도, 더 잃어버리고 싶지는 않았다

하늘은 파랬고
사람들은 어깨를 부딪히며
좁은 등산로를 오고 갔지만
나는 막걸리 한 통과 감자전 한 부침에
울고 웃다 낙엽 한 잎을 손에 주워 들고
저 깊고 아득한 심장 속으로부터 감동하였느니

사랑이여, 철들지 말라
사랑이여, 물도 들지 말고 푸른 잎 그대로만 살아남으라

막걸리잔을 들고 되뇌다가
먼 곳의 그대에게 단풍처럼 전하노니
사랑이여, 낙엽 지는 날에도 푸른 잎으로 살아남으라

망월사

늘 그렇듯 무식한 내가
오색약수터 망월사 언덕을 오르다가
기다림은 생각도 못 하고
잊는다 생각하였다

달도 잊고
해도 잊고
구름도 잊고
바람도 잊고

아니, 너를 잊고
또 한세상을 잊고
눈물 같았던 한 사랑도 잊고
죽는 날까지 기억하리라던 맹세도 잊는 날

기다려야지
달은 달처럼 뜨고
해는 해처럼 뜨고
별도 별처럼 떠서
내 가슴에 아스라이 강물 멀리 흐르는 날

늘 그렇듯 가슴 조이는 내가
달을 기다린다는 낯선 절 입구에 들어서며
두 손 모아 기도드리는 건
나를 기다리는 누군가를 믿는 까닭이다
나를 기다리는 누군가가 있어
그림자나 그늘 같은 건 잊는 까닭이다

사랑이여, 죽는 날까지
너의 이름 외에는 모두 잊으리니
너는 나를 일평생 기다리던 달처럼 기억하여라

영일대

영일대에서는

낮보다 밤이 아름답다

어둠이 밀려오면

녹슨 쇳덩어리들도

불의 옷으로 갈아입고

차마 뿌리치기 어려운 손길을

바다에게 내미느니

밤새도록 다가서다 돌아서고

돌아서다 다시 다가서는

영일대에서는

사랑보다 이별이 아름다워

일생 동안 돌아서다 다가서고

다가서다 다시 돌아서는

강철만도 못한 사람들이

빨갛게 녹슨 마음을 밤바다에 말갛게 씻고 간다

상주은모래해변

죽을 만큼 사랑하는 여자와

은모래해변에 누워

밤하늘 쏟아지는 별을 바라본 적 없다면

그 별빛 아래서

파도처럼 키스해본 적 없다면

그 파도 옆에서

아침 해처럼 사랑 나눠본 적 없다면

아니, 은모래해변을 들어본 적도 없다면

그대 아직 죽지 말라

죽을 만큼 사랑한다고 말하지 말라

사랑은 은모래해변에서야

비로소 사랑으로 살았다 죽나니

죽을 만큼 사랑하고 싶은 여자를 만나거든

은모래해변으로 가라

모래알 같은 사랑도 영원히 은빛으로 빛나는 곳

사량도

죽어서 다시 태어나
섬이나 되겠네
남해 앞바다 작은 바위섬 되어
일평생 사량도만 사랑하면서
물길에 연서도 부쳐보고
갈매기에 안부도 캐묻다가
어느 파도 그리움보다 높은 날
사량도에 휩쓸려 가
아예 한몸이나 되겠네
죽어도 버릴 수 없는데
사랑만으로 이루지 못할 사랑 있거든
사랑은 버리고 사량이나 하겠네
내 사랑 사량도에서
죽어서 다시 태어나겠네

삼강주막

후회도 없을 여자야

우리 악착같이 손 붙잡고

여기나 가자 여기나 가서

너는 늙은 주모가 되고

나는 주름 많은 뱃사공이나 되자

손님도 받지 말고

누구도 건네주지 말고

너는 내게만 술을 따르고

나는 네게만 낙동강을 건네주며

동그만 모래톱에 뗏목처럼 누워

1300리 강물 소리에

막걸리 넘치는 소리나 아득히 섞어 흘려보내자

누가 막걸리 한 잔을 마시러 예까지 오랴

우리가 그러하려니

네가 막걸리 한 잔을 비우고

내가 막걸리 두 잔을 비우다

야금야금 주전자를 비우고

살금살금 독까지 모두 비우면

네 속에 담겨 있던 슬픔과

내 속에 차 있던 설움이

애오라지 낙동강물을 따라

남으로 남으로만 떠내려가리라

그런 후에야 우리가 마지막 잔을 부딪치곤

새벽하늘 잔별을 헤아리려니

누가 막걸리를 마시러 예까지 오랴

낙동강물에 흘려보낼 그 무엇 하나 없다면

1300리 함께 흘러갈 목숨 같은 사람 하나 없다면